D大调的纯响

Concord Tones in D Major

李峥 著

花城出版社
中国·广州

图书在版编目（CIP）数据

D大调的纯响 / 李峥著. -- 广州 : 花城出版社, 2025.3. -- ISBN 978-7-5749-0447-7

Ⅰ．I227

中国国家版本馆CIP数据核字第2025T41N45号

出 版 人：张　懿
责任编辑：林　菁　鲁静雯
责任校对：李道学
技术编辑：凌春梅　张　新
装帧设计：萨福书衣坊
内文插图：李　峥

书　　名	D大调的纯响
	D DADIAO DE CHUNXIANG
出版发行	花城出版社
	（广州市环市东路水荫路11号）
经　　销	全国新华书店
印　　刷	佛山市浩文彩色印刷有限公司
	（广东省佛山市南海区狮山科技工业园A区）
开　　本	787毫米×1092毫米　32开
印　　张	6
字　　数	100,000字
版　　次	2025年3月第1版　2025年3月第1次印刷
定　　价	58.00元

如发现印装质量问题，请直接与印刷厂联系调换
购书热线：020-37604658　37602954
花城出版社网站：http://www.fcph.com.cn

我偏爱写诗的荒谬
胜过不写诗的荒谬。

——[波兰]维斯瓦娃·辛波丝卡《种种可能》

目录
CONTENTS

辑一

呼吸的乐器 | 003

愿 | 005

七夕 | 007

圣诞 | 009

黑屏 | 011

爱别离 | 013

健身 | 014

归家——致大地上的异乡人 | 016

初雪 | 019

运河谣 | 021

D大调的纯响 | 023

探戈 | 026

辑二

晚唐一抹蓝月——致叶嘉莹先生 | 031

淡淡幽情——兼寄师友杨渡 | 033

谢谢你，大马士革的朋友 | 035

流浪夫妇 | 037

又落泪了——悼张恩和先生 | 039

绘画课 | 042

金秋抵金陵 | 044

花田——致吴青 | 047

雨夜送别 | 048

秋夜——致汪剑钊老师 | 050

光的译者 | 052

幼音 | 055

生日——赠诗人嘉励 | 057

辑三

发烧的积木 | 061

听琴 | 063

我城——大武汉 | 064

白夜 | 066

急诊室 | 068

喀秋莎台 | 069

黑夜记 | 071

圣诞掉牙记 | 072

涅槃的你——记敦煌莫高窟第158窟 | 074

种种说法 | 076

说"不"的勇气 | 077

别了，天使宝宝 | 078

我身上没有痛苦 | 080

流泪的先知 | 083

石头开花 | 085

辑四

打捞部分的你——致鲁米 | 089

请给我一艘文学巨轮 | 092

更高的人——致尼采 | *099*

读画：与谢芜村与马蒂斯 | *101*

一就是一——致约瑟夫·布罗茨基 | *103*

复活西伯利亚的少女 | *105*

疯女人 | *107*

迷楼 | *109*

一个或一万个爱玛 | *111*

晚秋即景 | *113*

透明玻璃 | *115*

死亡练习——致西尔维娅·普拉斯 | *117*

少女的诗梦 | *119*

诗意的橘猫 | *121*

珞珈山上的白日梦 | *123*

奔往苏黎世——致荣格 | *125*

把黑格尔变蘑菇 | *127*

辛波丝卡 | *129*

辑五

时间旅行者 | 133

菩萨 | 135

哈利法塔 | 137

六一截句 | 139

爱草本 | 141

过去事 | 142

镜中美术馆 | 144

延宕风景 | 146

暮秋 | 148

敦煌散句 | 150

时间长短句 | 151

冬日的士 | 153

内城骑行 | 155

春账单 | 157

雪竹 | 159

在曼谷唐人街 | 161

哭泣的柴瓦塔那兰寺 | 163

米卢兹的粉水晶 | 164

斯特拉斯堡的晚霞 | 166

卡尔斯鲁厄的一日一夜 | 168

暴雨过后 | 171

时间颤抖着流动 | 173

行脚蓝桥 | 174

月亮从来不曾缺 | 176

辑
一

十二三弦共五音

呼吸的乐器

在跨越千年的古院里
观壁上丹青
在穿越千里的古城中
赏花木诗情

午后的雨霖铃
跳动着潺潺舞步,拍打冰肌
赞叹袅袅:欢喜,清凉
盛夏一场好雨

雨花滴答,于贤士明经的文苑
交变为轻快自在的旋律
你化作——呼吸的乐器
供我弹习

快告诉菩萨我们的心在一起
澄明心境,双手合十:
在听雨的午后,许眷恋的人们
在一起

2019年7月于开封

愿

我愿是山间清泉
一口一口甘甜让你啜吸

我愿是那轮回四季
冷暖舒卷,春夏秋冬陪伴着你

我愿是你胸口的一枚朱砂
于私密处贴合着你

我愿是那夜莺,啼鸣婉转
悦耳之音唱给你听

我愿是玫瑰
落瓣飘香,用血红为你绽放一回一回

我愿是那沃土,在你的呵护里
一次次诞生生命惊喜

我愿是那光与影,俯仰皆是
每个瞬间呼应你

我愿你的温存和喘息,都化作春风十公里
吹打着勇敢年轻的心

2019 年 7 月于北京

七夕

持续三年一年一聚散
是我们爱之歌的序曲

鹊桥相会的情节
如歌一样的行板

递进的情绪把乐曲引入高潮
你我共同一摇一摆心神荡漾

七夕这日陆续抵达的快递
一件一件低诉：我爱着你

此刻，我在云深之处想你
高空里的云朵层层叠叠

片片团团勾勒出你的模样

云中也有我们的爱之歌？
亲爱的，我想问问你：
棉花糖，豆腐脑
都是你的面庞吧？

让我闭上眼睛看看你——
遥远又贴近的爱人

2019年8月于兰州

圣诞

他诞生于今天
人们以讹传讹
真相是什么?
似乎再不那么重要

亲爱的,节日快乐
不论是因为什么成为的节

为了制造与之匹配的快乐
我从阳光正好开始准备
如今已是暗夜
你依然没有到来
如同孩子们渴盼一见的白胡子老人
并不存在

有人乔装打扮成了他的模样
欺瞒孩子说：瞧！圣诞老人

人们把这样的扮演，称为：
爱

2019 年 12 月 25 日于北京大学

黑屏

对,断了线的风筝
也不过如此而已

它已承载了太多秘密
再多一条显然不再可以

切断自己
如鱼绝于水
如树木绝于空气

可笑的人
怔怔然,在屏幕前出神
黑掉的何止是屏幕?

为何不是一段关系

抑或心底一处记忆?

如同创可贴粘不住绽开的肉

谎言般的技艺并不能再让屏幕亮起

人工智能的时代里

谁又能逃得过机器?

不如走吧!

逃跑去海底

见一见别的秘密

2020年1月7日于北京

爱别离

上一秒想为你肝脑涂地
下一秒就要放弃

我们相爱一生
一生太长还是太短?

眼泪是人类所能制造的最小的海
我们爱在彼此的海洋里

2020年1月6日于马来西亚沙巴

健身

一

去全世界健身
把大海当操场

那多余的脂肪
我请你离开
去做别人的救生圈

二

去全世界健身
把大海当操场

那多余的脂肪

我准你不离开

留下来

做我的救生圈

2020年1月18日于日本长崎

归家[1]
—— 致大地上的异乡人

系由几时开始

你唔归家？

你走佐好耐好耐

还好吗？

点解话我知

要重新地出发？

点解话我知

就算了吧？

由几时开始

你唔归家？

---

[1] 本诗是由粤方言完成的一首诗歌作品。

你走佐好耐好耐
还好吗?

你又可会知
晚晚我牵挂
见唔到你
伤唔结疤

花——
掉落会再开吧
人——
离开会再见吧
爱——
为何偏偏放下
问问你
几时归家

花——
掉落会再开吧

人——

离开会再见吧

爱——

唔会轻易放下

盼望你今日归家

2020 年 5 月 12 日于曼谷初作后经廖伟棠勘正粤语

2020 年 9 月 17 日于顺德修订并首次公开现场演唱

初雪

和你在一起后,才开始写诗
才开始用长短的句子表达爱意与
相思
就像天与地之间
会有雨雪传来的消息
就像此刻观雪的我写诗给酣眠的你

窗外的白鸽,轻轻抖动羽翼
提示我去年初冬的场景——
你用手指做笔在白雪画布上写下
我的名字
看它一点点被覆盖
看它一遍遍呼喊爱你

清早起第一杯温蜜水

冲走了干燥

不知会不会融化那些沉积的

冰雪讯息?

上冻的鸡头米,在等待

滚烫的水和甜桂花蜜

愿这些甜蜜香气始终围绕着你

不离

不弃

2020 年 11 月 21 日于北京

运河谣

运河的最南端

依然是人类的北方

我们早已忘掉了南方

如同西方早就漠视起东方

灵韵消失的时代

人类还能否摘得掉口罩?

爱尔兰的咖啡在伦敦并不香

漂泊的他乡客在京城不辨方向

江南诗人在运河畔用吴语谈笑

风中有逝去的小酒馆

某年某月十五日,正在痛哭的老文人

请允他们一同随风飘散

留一片神秘,在沉默里暗语

旧河床呼唤新的摇篮曲

在失去意义的荒原里寻来遗迹

游客欢歌唱起《运河谣》

摇啊摇,摇到外婆桥

外婆仍被守在河边旧宅里

一夜夜失去记忆

一日日活在过去

2021年10月15日于北京

D 大调的纯响

盛大的夏日不忍离逝

当秋风在午后轻轻叹息

蓝鹊扎入天际

以燕尾服勾响黑色琴弦

奏响的是 D 大调的旋律吗?

在书店的白房子前,我们

发问

交谈

已故作家的书信高悬在额前:

"爱你,就像爱生命"

大字张贴在书架浮现狡黠的笑

世纪末爱的箴言

早已杳然

你在我左耳畔摇头低语——不愿
再任乐章摇曳
诗豹旋舞
再遭受瞒骗

在这座古城的正中心,我们
来回漫步,在青柏梧桐的瞩目下
交替聆听
环城的水表面安宁
涌动的内中,和起焦灼脚步的节拍
写出"中"的字样

刻在彼此掌中爱的诗篇
仿佛靛青刺入肌肤
一点点奔赴消退的宿命
爱,在遥遥的过去与未来
誓言比永远更远
比永夜漫长

通过命名飞鸟

你我确认他乡即是故乡

一行哀雁几多声？

天心满月，落在一弦七徽上

呼吸的永浪

在乐句的末尾画弧线

变为延音号

巴望曲终人不散

和鸣琴瑟间

人生若只如初见，爱你

就像轻抚心爱之书的 page one

书店里的白房子——

一座爱的博物馆

风吹打着书页，交织一曲

D 大调的纯响

2022 年 9 月 12 日（壬寅·仲秋）于北京

探戈

在不同的地铁线上跳起
探戈,三站向东,两站向西
深爱的人——你
缘何未出现在梦里

一场角力的爱恋游戏
一次苦痛的甜蜜叛逆
一些疑问不知能向谁问起

庄周与蝴蝶给人迷醉的消息
在生命的探戈舞里,热情的桑巴
缠绵的伦巴,何时开启?

舞池中央,最闪亮的是谁家新娘?
她身旁那顾长身材的翩翩公子

会否是值得托付的绅士新郎?

半梦半醒的舞者,总在旋转间隙
呼唤周公,这位几千年前的圣人
因舞者之惑忙碌于东方既白

探戈,探戈
华丽又高雅,狂放又激越
结合蟹与猫的步伐,让爱
如羁旅,充满了野性搏斗

探戈,探戈
关于你的谣言竟也数不清楚?
准备好了吗,邀我迈入舞池
与爱与恨
与妒与欲
慢慢共舞

2023年2月27日于北京地铁7号线

辑二

君子花

晚唐一抹蓝月
——致叶嘉莹先生

美玉生烟,迎晚唐一抹蓝月
清幽皎洁,掬一捧泉水于手掌
托天心的明亮

笛声飘扬,予人间数千年的乐章
那穿裙子的士,那荷花的仙子
引人格律里涤荡

春秋冬夏已百年
那把传世的锦瑟
如今几个哀叹,几人轻弹?
斑驳的丝弦,松了又紧
泛黄的书卷,翻了再翻

百亿莲华，炼火里盛放

一世多艰，水墨中道诉衷肠

躬身守汉字之田，仰头姮娥凝望

蓝月下，翠青松

吐丝抽不尽，天孙织锦成

整朱弦，诵义山

苦水遗音东去远，沧海鲲鹏起波澜

2024年9月10日于北京

淡淡幽情
——兼寄师友杨渡

我在天上看宋画,在水边览人间
在观音山[1]下呼吸你:
淡淡的水
淡淡幽情

在金色水岸回望你:
红楼依旧是
流云,余晖,飞鸟,山石
倩笑伊人

---

[1] 诗中"观音山""金色水岸"等地名均为台北旅游景点。

在紫藤庐内聆听你：
江海上的母亲漂泊百年
温热了的茶酒吞下又涕出

在水月道场触摸你：
仍在面庞上生长的旧日伤疤
仍在烈火中盛开的肉身睡莲

于是，我歌——
歌日月，歌云水，歌山鬼，歌沙场
风飒飒木萧萧，我足之蹈之，
歌之舞之，在康定路、汉口街、永福街来回游荡
唱你回来

2018年9月于台北

谢谢你,大马士革的朋友

再一次谢谢你,我
大马士革的朋友
我们相识于他乡
相识于远离故乡的地方

你的故土　七年沦为战场
我的故土　此刻正遭疫毒侵扰

苦难来临的日子里
谢谢你还记得微笑
记得分享流光溢彩的甜:
翠绿的开心果,慵懒散漫的黄金蜜

当厚芝士滑过舌尖时，我
瞥见你正低头沉思：
你那部来自中国的智能手机
播放着可怖的枪炮声，硝烟四起的视频
那是你的国与你的民
你深埋在手机前
祈祷

配以薄荷的红茶与柠檬水
先后被你一饮而尽
随即在地图上为我点出了
大马士革所在点

望向远方，你，轻声说：
天，下起了雨
在这沙漠里。

2020 年 2 月 21 日于迪拜

流浪夫妇

又见到你们了,在暮色时分
送去两袋胶原蛋白果冻
丰富你们的晚餐
那是极甜蜜的味道
如此刻你们的团圆

你们幕天席地安家在素坤逸 36 号
把十字路口精心装扮:
墙上闪闪发光的号码
微笑着的小熊布娃娃
在宁静的暮色里,整洁得
令人不忍惊扰

下个月即将与你们告别了——

别了,声声虔诚的 ขอบคุณ [1]

别了,我的曼谷邻居

素坤逸流浪夫妇——

笑颜,善意,街角静谧的风景

2020 年 5 月 10 日于曼谷

---

[1] 泰语"谢谢你"之意。

又落泪了
——悼张恩和先生

今早方才得知消息:
恩和先生离世半年有余
我又思索许多
又落泪了

先生与我未曾谋面
莫大的缘分,大抵
是我识得他最杰出的作品——
她,温暖如风,是先生的序章

若说有缘,或是由她的著书:
《独醒者与他的灯》
凝望到先生的题字
遥想起那代学人

那代人,有时代的风骨
有不息的志气
与日俱新

那代人
有勇气在自己身上
抵抗时代,完成革新
转而整理国故

那代人有尼采的风采
甘为:不合时宜的
更高的超人

是更高更高的人啊
不是蝼蚁挪移:
平地里前进前进前进

又落泪了
为时代生命的离去

我拾起异国的五瓣紫色花

送给先生吧!

天国应该书籍满目,色彩斑斓

这朵花

它谢了又开

不知先生会否喜欢?

2020 年 5 月 14 日于曼谷皇家公园

绘画课

如果土地不必赭黄

如果天空不必湛蓝

如果树木不必绿沈

……

朗月,要找回深夜的彩笔

让梦,涂画以迷人的色泽

请大脑暂歇,让艺术

交还给艺术

动藏于静,静即缓慢的动

用画笔触摸万物,处处皆可入画

用画卷留存生息:

夏日托腮凝思的爱侣，调色盘前的夏加尔迷
微笑看浮生的北魏仕女，喝牛乳的活泼小猫咪

无所忌惮地绘画吧，找回
本属于我们的母语

2020年9月8日于河北野三坡

金秋抵金陵

一

金秋抵金陵
白露时节踏古城
石头城中石头记：
雨花石，雨花茶
云锦，羊肉，盐水鸭
老友一别几年话重逢
相见时难别也难

二

城中牌楼依旧在
游人不复再髫年

奶香味游走,在召唤童年:
那年,父母携五岁的她留影总统府
小手帕,冰淇淋,剥不完的虾,蘸不完的汁
那时,父母仍相爱

三

鳞次栉比的大厦与旧时牌楼,交叠有序
民国残影,多少人的心头愁绪——
五岁的她,数着石碑上逝去的同姓同胞
遍用了几次手指脚趾,依旧数不完全
她跺着脚,气恼地哭着问:为什么?

四

到底为什么?
人世间的真问题,谁
能真正作答?

好在白露时,金陵尚金黄

白云自白云,青松自青松

2020年9月24日于南京

花田
——致吴青

你把一撇一捺写入圆圈
一个字绘出了玫瑰花的眼

你用蟹形纹编织花田
把诅咒化成桃李果园

春水诗心载入玉壶
你常呼喊妈妈的名字
盼望爱如花瓣,撒满人间

重霾下的夜晚,繁星不再
你默念着妈妈的诗篇
燃盏小橘灯
亮在心里面

2021 年 6 月 10 日于北京

雨夜送别

此刻,我正在一列飞驰的火车中
回忆雨夜惜别的场景,那些
想说而未曾说出的话,涌在心头

恭喜你——面对分别不再轻易哭泣
不再抽泣两小时,再用掉两天去平息

成长是拿到一张单程票
与乘坐火车不同的是:行进的速度
可以掌握在自己手里

再过几日你即将远行,求学路上
你会欣赏到更多风光
精彩会伴随你

偶尔有艰辛有困难，请勿气馁

期冀你：掌握人生的方向盘

学会欣赏山巅白云，青松

林间人家，水边野鹤

愿你：不悔来时，不畏前路

2021年9月8日于京广高铁

秋夜
——致汪剑钊老师

雨水填满仲秋的夜
弥漫空中的水珠散布诗行

一滴水的生死与轮回
可以有无数个方向——
不似枫叶总飘落于土壤
不似诗人总心系远方

诞生于秋日
注定满腹才华愁肠
注定期盼白雪的圣洁
邂逅血红的月亮

静夜思,不论发生在柯马罗沃

还是京杭

都不会阻挡仲秋前夜

一颗又一颗沸腾的心

秘密感知的消息——

一个大日子正在来临

那一日:为诗人加冕

为生辰咏唱

2021 年 9 月 19 日于北京

光的译者

一

红日渐落荒林

路人南行缓归,你我向北

再向北前行

辽阔之地才有底气命名:中间

在林与路中间　在繁华古都中间

在黑与白中间　在对错善恶美丑中间

三过拜访之门而不入

给会面添加了玄幻命题——

我们中间,会激荡起怎样的旋律?

二

巨幅油画高悬两侧：黑白黄赤青
有形之物，无物之形
三人展开一场跨越三年的漫谈
三只猫藏匿笼中聆听

敞开怀抱的古典吉他，尘埃依偎的古琴
不弹自鸣，三人醉把红茶作红酒
忆起往事桩桩

油画家面若开莲，讲起不同的语言
言语编织出庞大的时空体
好奇的猫渴望一探究竟

三

桃李春风吹满头，无须酒肉
君居城西北我居城东南，聚散有时

别后方恨：尚未介绍清楚自己
谁说过：有陌生感的熟友才至迷离？
今日往后，你我他皆为——
光的译者

2023年3月2日于北京

幼音

我们游泳,在布满阳光的操场上
一圈一圈轻轻游,风吹过
传来属于水瓶座的幼音

我们划船,在涂满蓝漆的漫步机上
左腿向前,右腿向后,交替着
成为棹,成为楫,次第有序

我们是双鱼,在水中呼吸
不必假装有心有肺
执行哺乳的命题

幼音,长者一样轻触双唇
吐出串串七色泡泡——不
不要,不必……

2023 年 3 月 3 日于北京

生日
——赠诗人嘉励

她身上有东洋西洋的美

端坐对面,破译降生时分的秘语

链接浩渺玄机

蛋糕上的圣烛,燃在流火七月

红彤彤的花束旁,水墨仙气汩汩

她以漫溢的竹水滋养疯长的花火

一个玩笑,令肖斯塔科维奇的乐音萦绕

她手握满月的明亮,写下:"花朵正好"

2024 年 9 月 12 日于北京

辑
三

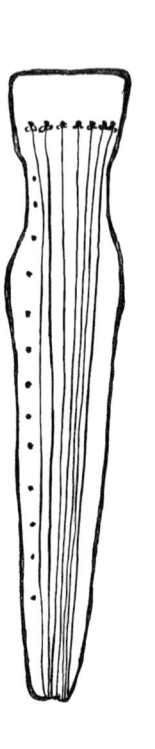

仲尼琴

发烧的积木

那年盛夏,你用滚烫的双手
为五岁的我打磨发烧的积木
一块块,一层层
高高垒起又滑落
你微笑着对我竖起拇指
眯起双眼总在盼望
满载期待

我们的交流从来是无声的喜悦
不同手势交织出的旋律,流淌
在粉色屋室
那是稚童的宁静乐园,足以抵挡
室外一切风雨电闪

后来，积木轰然撒落地面

暴雨骤来的夜晚，你选择消失于人海

我穿行街巷，暗紫的双唇发出烫嘴的呼唤

那夜，黑色默默笼罩

积木由温热到滚烫，终而化为灰暗

像极了你因发烧致哑的声线

多年以后，面对陡然的暴雨

我仍旧会咬紧牙，沉默

起伏的胸膛替我声声呼喊：

哑巴大爷，哑巴大爷

2024年8月10日于北京

听琴

蝉鸣。

竹箫呜咽。

七弦琴上声声入木……

问:"缘何而弹?为何心伤?"

答:"为天地,为琴心。"

勾、挑、抹、打,若白鹇

进、退、往、来,似流水

吟、猱、掐起,历泛天际

曲中,曲终,人不见。

2020年4月10日于曼谷

我城
——大武汉

问:"这里,就是这里,是谁的花园,谁的祭坛?"

很多年了
不再去爷爷奶奶的墓旁
生疏了通往墓地的道路
是仙鹤湖?
是龙泉山?

很多年了
犹记得幼年走丢于武汉的情形
驾驶敞篷车送我回三阳路的女警官
庚子新春,一切还好?

很多不眠夜,不敢问武汉的亲人们
一切安好?

诗歌多么无力啊！

一字一字都是重负

比不上消毒水与口罩

比不上防护服与呼吸机

我那穿上铠甲活成花木兰的长姐

我那辛勤劳作终日劳碌的哥哥

活在这座城——大武汉

我的城，是家人团聚

灯火可亲的英雄之城

是童年乘坐绿皮火车过年的"我城"

独在异乡，星空之下念故土

天上的爷爷奶奶

都好吧？！

2020年3月19日 于迪拜

白夜

终于,大雪覆盖城市
方圆百里满是银白色的妆底
捧一手雪,握出个冰心
那奶油慕斯带不来的清甜
让冰心蛋糕带给你

和我一起飞舞吧
如同轻盈的雪
在地面留下海豚的图样:
图腾,圈套,画地为牢

约定再去看看雪,许在下一个冬季
看你的城市里雪山雪峰雪地
那里会否有通明的灯火

会否有白亮的黑夜

会否有旧爱

翕动些许等待复活的记忆

2020年1月5日于北京大学

急诊室

此刻,我正在被诗句
阅读

白炽灯,急诊室
蜈蚣伤口
提醒着我仍在活

那些最好的诗书已经写过了
那些最好的人已经死去了
那些流血的夜晚注定挨得到
天明

2020年7月28日于北京

喀秋莎台

饱食的夜,灯火无际
喀秋莎台聚焦文学青年的疲态
滚动播放茨维塔耶娃的事迹

从远东到故宫到底要多少春秋
紫禁城到静园又差了路程几里

还未揭晓先生投湖的谜底
就反复琢磨起女诗人缺爱的谜题

自戕者丧命后被人们频频提起
寡爱之人逝世后得到众人膜拜

夜晚为什么要如此光明

高贵者为何会一败涂地

2020年8月27日于天津

黑夜记

1. 若不观宇宙,何来宇宙观?
2. 你是你周围的事物。女人们懂得这一点。衣衫手表的出处,近旁人的目光。
3. 世界是粒沙。宇宙是沙海。幻象皆泡沫。
4. 如何处理脊背上的污点?忘掉它,忘掉它,还是忘掉自己?
5. 从"吃着火锅唱着歌"到"吃着羊排听诗歌",到底跨越了几重山?
6. 黑夜给了我们两只白猫。一只是白色,另一只也是白色。

2020年11月14日于北京

圣诞掉牙记

这一天,我吃着山药,掉了一颗牙
两千多年前的这一天,伟人降生

又一天,另一位伟人降生
我吃了盘青菜,掉了另一颗牙

这人间,到底有多少伟人可降生?
我恍恍惚惚数着三十来个数
数着世界上降生的圣人有几何?
莫非世界的形状无非一人形?

人们总误会我爱吃甜食
那些被我吞下的酸苦辣
一定不会满意

人们的记忆总会出现问题

比如有人记忆永远终结在公元2012

比如有人要把伟人降生与掉牙联系在一起

2020年12月25日于北京

涅槃的你
——记敦煌莫高窟第158窟

涅槃,还是圆寂
人们问你去了哪里
围绕着你不舍离去

捶胸顿足者何止娑婆
十九位菩萨伫立着哭泣
阿难仍倾听你的呼吸

是涅槃,还是圆寂
是归家,还是离去
你仍旧安详睡着,卧着
抑或是半睡半醒着

你还会幻化为那九色鹿吗?

你的过去会是人世的未来吗?

我举目四望

于十方世界

于三生三世

找寻你的足迹与消息

半梦半醒间,仿佛你来过

猛回头,七彩云影如梦幻泡影

消失在天际

2021年5月31日于敦煌莫高窟

种种说法

1. 既要方法，也要"圆法"。框架和细节处理都重要。
2. 有佛法的地方，就有方法。
3. 秋风起，秋叶落。秋风把滋味送到的万树万叶里，秋色怎么会淡呢？秋心怎会不愁呢？
4. 徜徉者的诗行会轻飘飘？请疑者把诗放入鞋子里，行走千万里。
5. 让心清净，让泥土覆盖双脚。

2021 年 10 月 29 日于北京

说"不"的勇气

1. 我讨厌流俗的说法"弹琴娱己,弹筝娱人"。说此话之人,只表明对琴与筝皆无真心。如同花心男子声声称自己:"放不下小周,也很喜欢小王。"他爱的只有自己。对这样的说辞,我充满鄙夷。
2. 我不喜欢拉着"啦啦操"选手与田径运动员一同竞技,毫无可比性。
3. "房思琪们"选择死去。"李国华们"还在人间乱舞。你若问后者:你为什么敢?因为,他们早就已经死去,彻彻底底。
4. 面对讨厌的现实,要有说"不"的勇气。

2021年11月16日于北京

别了,天使宝宝

还未好好倾听你,除了那强劲有力的心跳
还未细细观看你,除了胶片上疏密交织的银颗粒
还未能真正抚摸你,除了隔着我厚厚的肚皮

"四月,是最残忍的一个月"
窗边的紫丁香,萎成了蓝花
与它最后的告别,不过一瞬
白雪覆盖的暮春
疫疾与人言四起

礼拜天的晨祷
完成在手术台
来不及道别,来不及问你:

对世界的想象,是否太不美好?
天使宝宝,今日,选择离去

又是哪一位母亲,拭干泪水
嗔念——
"你是人间的四月天
是爱,是暖,是希望
你,是夜夜的月圆?"

别了,天使宝宝
容我把带血的衣物扔掉,一并扔掉
那些疼痛的记忆,撕开斯里兰卡的标签
撕破海边盛产的湖蓝
缝补七彩的光,给你
给未来

2022年4月23日于北京

我身上没有痛苦

被饥饿叫醒,在这初夏清晨
之后依次醒来的还有:脏脾
四肢与神经
床边的水银柱,停伫在36摄氏度
三刻钟逝去,纹丝不动

动身去洗漱——
解放肠道后,安慰唇齿
一整晚的休憩让它越发精神
念叨着给即将苏醒的灵魂打气:
哦!作家中的作家是位盲人!
啊!最出色的作曲家是聋子!

挪步窗边,离开镜子
花瓶中高低散落的生命渴望呼吸:新的
阳光,新的水分,新的空气

委顿的速生玫瑰,低垂的六出花
娇嫩的三色堇,她们等待被剪裁生命
昨日粘搭起达洛维夫人的花房——
一间自己的房子
透明的水晶凝固花香

若不忆起昨日的世界——
那沉入湖底的女诗人
那流离又流离的富商之子
那封锁地下室的疯子
……
这初夏清晨,该多么值得迷恋
予人幸福

"如此幸福的一天

雾一早就散了

在我身上没有痛苦"

我身上没有痛苦

2022 年 5 月 13 日于北京

流泪的先知

请允我,托你的手——
流泪的先知
再诵一次哀歌
默念你的名字

请允我,为你斟壶美酒——
用神的器皿,和着泪与佳肴
观一株杏树微黄
见一锅彤彤热气滚烫
感谢你,曾蒙选召,得知异象
给幽暗的夜以亮眼净光

圣城耶路撒冷的子民罔闻劝告
忧伤的先知聆听海浪砰訇

为同胞悲伤

圣城最后的景象：

黄金失光，纯金失色

几分惩戒，几分无望

到底该不该悔恨这一切的徒劳？

颤抖的歌喉，流血的圣城

旧日荣光的欧罗巴

先知啊先知，你低声呜咽

送最后一位帝王离家

2023 年 12 月 8 日于北京

石头开花

是石头要开花的时候了吗?
当罂粟不再出现于白色记忆
壶中的酒,流入深渊
光,编织出明暗花冠

永恒:敞开,击碎
风声鸣奏,秋叶吸干自己
坠入秋夜,化为虚无
悄入白茫茫的幽黯

谁的杏眼顾盼,炯炯有光?
谁的歌喉穿越狭窄隧道,声声回荡?

谁,在深深的黑里永不换气?
谁在石头开花的林中永眠不起?

2024 年 9 月 8 日于北京

辑
四

窈窕淑女　琴瑟友之

李崢

打捞部分的你
——致鲁米

他/她们把你忆起
在遗忘许久之后

他/她们挤在一起
愤怒,焦灼,惶恐

"到果园去"
人们拿到了你的神谕
转身呼唤——
鲁米,鲁米

你预言了他/她们会失去爱的能力
你没猜想自己成为"当代鲁米"

你不在的几百年里
从西到东极速奔跑的人
早早把灵魂丢弃

忽然,人们又找回来
找回来被遮住的光
找回来部分的你

一些人
小心谨慎地打量你
一些人
诟病你是"易碎的玻璃"

唉,请别生气
那些人心底里塞满了
钢筋水泥

人们就这样打捞起
部分的你

一面呼喊着你的名字

一面竭尽全力误解你

2020 年 5 月 12 日于曼谷

请给我一艘文学巨轮

请给我一艘文学巨轮
就算被告知它已停运
它漂漂荡荡在人类文明之海
没有人敢说：它已末路穷途

"喂！船长好！恕我……
冒犯，船长，您可是盲人？"
我挥手呼喊了一句
转而轻轻沉吟一句

唷！我心下猜想：
这盲人就是荷马？
不然，他为何随心吟唱？

船舱上那位飘逸的机工

身着红红绿绿的花草

由头至脚闪烁着水光

听说，多年前，他曾纵身一跳

哦！这就是楚地的灵均啊！

不知为何

见屈平后，我闻见粽叶的香气

登上甲板，见神情严肃一水手

凝视前方，手握《正典》

看他焦虑模样，猜想是哈罗德·布鲁姆

向他点头致意后，我登入船舱

即见圆形剧场，呈环抱的椭圆形

不禁驻足仰望，观见蓝天

谁人拍拍望向天空的我

转头望去，见那人：

高挑的身材

高高的鼻梁

高高的发际线

动听的伦敦音从微颤的双唇发出：

"欢迎来到环形剧院

今晚上演《麦克白》

你知道，人生如痴人说梦

充满着喧哗与骚动

却没有任何意义……"

话音将落，我大步穿过剧院

三步并作两步，终于到了巨轮后方

剧院连接着通向各层的电梯

梯口玻璃房，老人静坐，单手举镜片端详图纸：

图纸上描绘了三个部分——

地狱，炼狱，天堂

Ciao! 我激动地认出了但丁

老人并不回答，只见他

右手缓缓放下镜片,左手微微举起
示意我上电梯

电梯总共六十六层
隐藏的三十三层在哪里?
我暗自发问,不出声
肚子比我胆大,咕噜噜叫起来
还是去餐厅吧
照指示,按了三层

出电梯门,左手意大利餐厅
右手中国餐厅、茶室
遥望过去还有居酒屋
我暗自欣喜:今日可享美餐一顿

餐厅门口那位伊人美艳动人
她温热的声音来自蜀地,身后挂着床七弦琴
好家伙!莫不是卓文君?

迈入餐厅,背景乐婉转动情

演奏者会否是司马相如?

坐下看菜单,每一页切换美食场景:

李白页:与诗仙饮

苏轼页:东坡小厨

李渔页:快乐闲食

袁枚页:随园食单

……

持戒吃素一阵子了

就点《随园食单》的杂素吧

再配以《陆羽香茶》,甚妙

一晌用毕,起身往后走去

居酒屋前四时风景流转:

樱花盛放又飘落

青绿枫叶变红装

旖旎佳人身旁一位醉汉

口念:"生而为人,抱歉……"

哈，是颓丧的太宰治
拉开门往里走，交织的芭蕉叶掩映
门牌悬挂汉字："夜半亭"
里面传来熟悉的筝声
没错，那就是师法松尾芭蕉的
俳人画家：与谢芜村
此刻弹筝者是他的独女：久能

不扰了，我转头要走，忽听见笛音
不，不对，不是笛，是尺八
这首乐曲名为《春之海》
循声看，吹奏者正是盲人音乐家：
宫城道雄
躬身致谢，我迈步离去

行走时，扑来一圈虎皮辣椒气
洪亮的湘语在呼喊——"这是一艘
战斗的军舰，我们团结起来
全速前进，前进，前进！"

此时我大惊,汗水好似竞赛

流入眼中……擦拭,睁眼

原来我在禁足数月的曼谷公寓书桌前

得半晌安眠

梦醒时分,才觉出睡梦中的景象

如此迷人

如何实现"登上文学巨轮"的美梦?

会否是再一次倒头酣睡?

会否是埋头于书卷,再一次

幽会神明?

2020 年 5 月 16 日于曼谷

更高的人
——致尼采

人们把你想象得好文艺呀!
"不起舞的日子就是对生命的辜负!"
面对精神世界的溃败和腐烂
你会不会想要再次自戕?

汉字世界里,你被长久地误读
不是误在艺术培训机构的照片上
就是误在鸡汤哲学者的书本里
你会不会难过呀?

Higher Higher Higher
不是超人
是更高,更高,更高
这是基于大地的思考

在地平线上凭人力铸就的巴别塔

是对侏儒化的反抗

奥林匹克运动会

欠你一枚奖章

2020年5月21日于曼谷

读画:与谢芜村与马蒂斯

读你,与谢芜村
读你老辣水墨背后的童真:
青莲居士瀑布前的洒脱
古道老叟,瘦马谪仙
读你羞赧弹筝的独生女抚弦
正相思

读你,马蒂斯
读你练达色彩线条背后的属意:
东方美人赤裸身体斜依沙发的妖媚与纯情,你爱
画布前凝视金发红唇绿衣女子的痴情汉,你是
以画笔抚摸爱人
以画作言说情语
你,是色、光、爱的共同体

你公开地泄密——

那画布上凝固的禁忌

读画,读你——与谢芜村,马蒂斯

大地上的亲缘

平行又交织

2020 年 5 月 23 日于曼谷

一就是一
——致约瑟夫·布罗茨基

1. 《小于一》[1]首先是一,之后是小于;如同诗人首先是人,然后是诗。
2. 数字表意:六分之一的意义,在于俄罗斯是地球大陆的重要组成。陀思妥耶夫斯基称6000卢布为"巨额财产"的意义,在于他强调一种形而上的身份/认同,一种从个体抵达大多数的困难;我们每个人都可以是六十亿分之一,是无限细微的碎屑,也可是大大小小的一。
3. 翻译是在寻找对等物,而不是替代品。可是,多少人终其一生,在阅读赝品。
4. 取悦一个影子。知其不可为而为的猖狂。

---

[1]《小于一》是1987年诺贝尔文学奖得主约瑟夫·布罗茨基的首部散文集。

5. 诗人的对话,往往是借对话之名,完成各自的独白。

6. 生死早被加上了引号,如同我们早知道那不过是谣言。

7. 我活着——那更好的人——却死了。

8. 寻找,最高的倾听者。

9. 诗人之死,比诗人之活,更有力量。

10. 诗人死了。留下了诗歌的寡妇,她——阿赫玛托娃的闺蜜。

11. 需要反复强调:金字塔是稳定的。其稳定不因塔尖,而是反之。需要补充:神秘主义者们都知道,金字塔中最重要的是其中间某处,是的,在中间,不在两端。

12. 如你所说:俄罗斯人都见过来世。
    想对你说:中国人见过三生三世。

2021年6月20日于北京

复活西伯利亚的少女

晨祷

唤醒少年躯内沉睡之兽

星期日

可否再次让基督复活?

上帝已死

证明他曾来过

尼采的证言,或只被少许人看懂

谁在犯罪?谁能审判?

在桦树林频频被买卖时

谁又清洁过狱中之人?

远在西伯利亚的少女在叹息

在朝霞中　在夕阳里

把十七岁那年的复活节

统统忘记

2021年9月于北京

疯女人

想问问那个女人为什么会疯?
为什么会被封锁在阁楼?
想听听她的笑,会否迷人?
会否让男人们心惊肉跳?

那些迷恋插足者故事的人啊——
你们歌颂的可是平等的爱?
哦,独立女性?!

那些为阁楼主人正名的体面人
逝去之时是否埋葬了秘密?

很多很多的问号让我又拿起
发黄的书卷,拿起笔

旁观，记录

伺机，为疯女人言

2021 年 9 月 15 日于北京

迷楼

想象一座七世纪的迷楼
寻帝王留下的诗酒香气
在河道两旁聆听旧日的消息

《春江花月夜》伴着水流
从你的家乡流淌到我的家乡
从旧歌诗变为新乐章——
暮江畔,春花开得烂漫
月晖下,娥皇女英归来

吴歌的家乡歌声依旧在?
载满欲望的迷楼
消失了会不会再来?

耕几亩想象之田于河岸

召集酒徒把酒言欢

看对倒的世界里大地蠕动

荒诞始　万物变甘甜

2021年10月10日于北京

一个或一万个爱玛

爱玛,或许应该叫你:
包法利夫人
少女时的你无瑕又单纯
眷恋文学的你,在小说中燃烧
爱情,帷幕前操演不息的绝唱
与热情

成为包法利夫人之旅必须手持单程券
成为爱的奴仆或孤独的挥霍家
那些冗长的平淡抵不过风月高手
蜜意滔天
日日的陪伴和关爱终不敌青年人
练习的缱绻

爱玛，若再活一回
你，还会不会狠心自戕——吞掉砒霜
口吐黑血，痛如刀绞地辞世？
若再来一次，你还会否全心投入
成为贤良淑德的好夫人
爱上一个人，比如包法利

在你辞世后，有许多的你在世界各地
活着，凝视深渊
替你改命——
在一个世纪或一个瞬间
演绎一个或一万个爱玛

2022年6月5日于北京

晚秋即景

一只虫子落在了圣徒保罗与主教的话语上
又飞走
一只鸟儿从藤蔓上跳至松树条
一个旅人,走在古槐树下
缓行
在她左手边——
出租、三轮、摩托、单车,黄色、黑色、红色、蓝色……
急逝

一条街,隔开了塔可夫斯基雕刻的时光与祖辈
主楼前的求知:探寻德意志、斯拉夫、扶桑诸地的
秘密
一座被赋予"为公"之名的桥,令她
停下足迹

桥上一枚蛋黄蒙蒙

桥下一颗樱桃彤彤

闪现她额前的可是但丁质疑过的数字：35？

35，34，33……默念"在人生的中途，转醒"[1]

倒数的数字：唤她

复又前行

诗行写在满满橄榄枝的橙绿书页上，她

复又前行

2022年10月12日于北京外国语大学

---

[1] 引自但丁《神曲》

透明玻璃

在金台夕照吟咏《米拉波桥》
车窗外五颗幼小银杏
金晃晃地呼应自然之子——
诗人阿波利奈尔是否
诞生于晚秋?

凝固的工地与伫立的高楼
掩映,提示瑟缩的冬日临近
透明玻璃,将冷暖相隔
颤动的舌头连接流淌的
塞纳河与护城河

末代皇帝的影像被暂停在
前夜,不愿跨入未来

失效的邮箱地址,令
失联成为莫比乌斯环
刻在桥头的字节,醇香
依然,如陈酒
待人饮尽

透明的是河水是玻璃
半透明半遮蔽的是云烟里那些
故纸堆中的事与人

隔,发生于一扇透明玻璃
照见,发生于这扇透明玻璃

2022 年 10 月 27 日于北京

死亡练习
——致西尔维娅·普拉斯

死亡可以练习,若你仍愿意
灰海鸥折翅弃飞,煤气里安睡
练习死亡,排练一场属于女性的
生命寓言

从雾都到海边,远离人烟
你要对世界做那天才伴侣做过
与未曾做过之事:写诗,生养
在爱的教堂内成就婚姻,彼此忠实

不安的缪斯,如同多音阶谜语
聆听生日之歌,是场甜蜜又苦涩的
意外,镜中的你吞食起最后的晚餐
在死亡的幽谷里,你得以

安息，诵读，谤誉

以另一种方式成长

绵延哀叹的喘息

2023年3月23日于北京

少女的诗梦

诗念到最后一行时少女醒来

依稀记得梦中最后一句诗:

"爱,要何时才会来"

她记不清标点,就如同

爱的到来会模糊了惊叹擦拭掉句点

少女或细或沉或尖或亮地念诗

诗中有陌生又熟悉的猫狗男女

有旧日山水曾谙

有贝多芬,有阿克梅

有杜甫诗中宓子弹琴

有皑皑白雪覆盖的死亡

有不一样的斑斓、迷惘、爱恋

梦中一幅画,非常马蒂斯

由左望去,是一位欢乐的少女

打右边看,是一位忧愁的姑娘

"长亭外古道边"的旋律从画中响起

所以"悲欣交集"

梦中出席自己的婚礼

手拿一枚绯红的气球

在一袭白纱中狂奔

跌倒在刺眼的阳光中——

嚯!太阳已高挂在窗中

猫咪跳上床头"妙唔"地叫个不停

唤少女快些睁开眼睛

2023 年 3 月 24 日于北京

诗意的橘猫

怀抱暖阳的橘猫是富于诗意的
比如在午后懒懒睡去尽情地咕噜
比如半睡半醒间耍段随性的太极

蹲卧书桌上的橘猫是富于诗意的
比如揣起小手扮演安闲的监考老师
比如猎捕一支毛笔留下后现代水墨

属于诗人的橘猫是天然懂得诗情画意的
比如用牙齿钩起琴弦奏响震撼身心的乐章
比如沐浴更毛时选择站在诗人头顶引吭高唱

属于女诗人的橘猫是不可替代的诗性之猫
比如警觉过人地代替女诗人签收快递

比如模仿诗人的口吻,喵出——
"快让我到你怀里
再热的夏天
我也要温暖你"

这只名为黄小胖的橘猫已离开了一千天
它写在书房琴房储物间的荒谬诗意痕迹
隐约浮现

风吹过耳畔,回荡着女诗人灵动的诗行:
"我偏爱电影
我偏爱猫
……
我偏爱写诗的荒谬
胜过不写诗的荒谬"

2023年8月23日于北京官庄公园

珞珈山上的白日梦

比热干面更热干面
比油烧梅更油烧梅
把蛋酒留给胃口
让太阳伴随口腔
搅动上升

红叶代替了粉樱花
保加利亚的香玫瑰
配以青绿茉莉咖啡
就这样:相伴行走
举杯欢言

我们来来回回踏着珞珈山
氤氲雾气笼罩着

动静相宜的跑道和林园
级级台阶记录着你我的足迹
让凝仁的光影回荡起立体声

埃及的棕猫咪温柔回盼,在通向
流动的飨宴之路途上
熟读《百年孤独》的人要率先孤独
他走了
留下马孔多的围观者啧啧声叹——
诗人不在广场
诗人在席间

2023 年 10 月 28 日于武汉大学

奔往苏黎世
——致荣格

在春日,奔往苏黎世

走过长长的路,见识春雪与晚樱

淡紫色的五瓣丁香花,呼应着

我的来处

苏黎世湖畔前春天般的快乐

要被魔鬼辨认,又被神明垂青

循明亮的蓝绿,当一日隐士:

看到一束光,敲开一道门,参透一个词

开启潜意识之旅

一只蚂蟥爬过斑斓的地板,携带整个宇宙的密语

圆形的金华俯仰皆是,所有人皆可以是一人

溯至童年，源自诡谲的力比多，绚丽的梦境
缠绕着眠中的觉醒，双生的真理与谎言

当翠绿的草暖阳中被白雪覆盖
潜意识与意识的溪流交会湖海
哲人树仍旧生长，神光浑全
万卷书前雪茄弥漫，菩萨垂怜

"我身处中土，这里已是春天"

2024 年 4 月 16 日于苏黎世

把黑格尔变蘑菇

细雨中穿越斯图加特的街巷
抵达黑格尔故居——街角的三层小楼
巨幅的标语悬挂古建筑上:
 "谁,是黑格尔?"

独上小楼,影像复活的一双瞳孔
左右旋转,黑格尔一生被活泼泼地展现:
严肃、智性、友爱、决裂……
 "谁,才是黑格尔?"

掀翻舆论的巴黎艺术家在不远处召集沙龙
没烦恼的夏洛特对众国参与者笑谈:今晚
让我们——把黑格尔变蘑菇!

展架上老黑格尔的书被挑选、撕碎、浸泡
放置于器皿之中,与老蘑菇诱饵为邻

六周之后,小蘑菇疯长,无声吼叫:
"再见,黑格尔"
"你终于成为我"
"欢迎归来地表"

2024 年 5 月 1 日于斯图加特

辛波丝卡

她穿着睡袍,读阿波利奈尔
马雅可夫斯基创造的音韵才刚刚
震颤于她的胸膛

波兰的土地,不与她的诗句并置
她——诗歌炼狱中的西西弗斯
落笔串串坚硬飞石,击打无法忘却的伤痛

鲁特琴在黄昏时并未有响动
她半阖第三只眼,发出一百个笑声
笑声敲开世界的门,当万物静默如谜语

典型的巨蟹座,淹没在未愈之爱的债款中
鱼也成了隐喻的旋律

在诗里轻盈飞翔,演练蝴蝶的一生
……

永远的第一读者——亚当
在你面前择就了诗歌宇宙的魔术与占卜
由我到我们
再由我们到我

雨,是自然即兴创作的诗篇
当你的挚爱、记忆铺展于眼前:
一朵云挨着另一朵云
一条鱼爱上了一串雨

2024年7月7日于北京

辑
五

时间旅行者

一口口吞下这红色的甘甜

保加利亚玫瑰花瓣水

破坏掉的维生素C

在斑驳的玻璃杯里

我看到了饥饿的公牛——

虚弱,愤怒,暴食

佩戴祖母绿与鸽血红的美人

不记得宝物的原籍是洪沙瓦底[1]

变成了纸片人的"安娜"[2]

---

[1] 洪沙瓦底是缅甸的旧称。

[2] "安娜"与"卡列宁"均为托尔斯泰小说《安娜·卡列尼娜》中的人物。

忘却了身后的"卡列宁"

今晚盛装出席的美人已决心
把此刻当成"弥赛亚时间"——
拯救或毁灭？创造或消亡？
在停顿与延宕的缝隙里
尚交不出答案

一名时间旅行者，我
在此刻敞开——
不再是过去、现在和未来
是更具有破坏力的甘甜之所在
是双螺旋结构下生成的美人
如此新异古怪

2018年8月于北京

菩萨

你静静地看着山下
一切尽在眼底

你一站站了千年
等待与鸠摩罗什的相遇

在形如麦垛的麦积山上
你一日一日地期盼

人们把你唤作泥菩萨
你模糊了形容因风吹日晒雨淋

千年以后的我,跨越几千里来看你
在你脚下

我分明看到了水花与云朵

菩萨，你也如我一样在爱着吧？
爱听这山间的声音
爱看这凡尘的起落

我伸出手摸摸你：
多么粗粝
多么美

2019年8月9日于天水

哈利法塔[1]

站在世界最高的塔上俯瞰,发呆
凝视迪拜——这座沙漠上拔起的城市
这加速时代的人类的奇观

站在154层的哈利法塔上,法国、希腊的游客
也都懂得古老的东方智慧:登高望远
蓝色港口,金色沙滩,蛋黄状的橘色落日
一幅幅印象派画卷

咳咳几声,敲醒了沉醉美景的国际游客
比利时夫妇惊慌于眼前的中国脸,捏着鼻子走向他方

---

[1] 迄今为止,世界上最高的建筑是位于阿联酋迪拜的哈利法塔,塔高828米。

匆匆的行人并不知:
哈利法塔前夜[1]是面点亮的红旗

有多少慌张的悚惧就有多少从容的爱意
在暮色四合时伫立于哈利法塔
爱与惧,在此时

2020年2月4日于迪拜

---

[1] 2020年2月2日,迪拜哈利法塔通体点亮为五星红旗。

六一截句

1. 再不是宝宝？仍旧是宝宝？这是交织出现的问题，频发于六月。
2. 从宇宙视野看，十岁小童和百岁老人，是同一代。
3. 六一儿童节要微笑。微笑出诗人还是愤怒出诗人？
4. 任何人看到的都是局部。别妄想自己是上帝。
5. 感慨自己没运气去看自然、听鸟鸣？哦，即便终于走入自然，不少人依旧分不清：喜鹊、麻雀、小燕子和白头翁。
6. 面对海水，时常慨叹世事苍茫。逝者如斯。旧日去了，旧日又是谁的卒日？
7. 孩子们天生都有双翅膀，如飞机两翼。心要多残忍，才会不停把这双翅膀剪下？

8. 在许多艺术创作里,我喜欢那个"业余人",比如诗人的摄影,比如全职妈妈的心灵小文。"业余"的姿态,往往带来惊喜。
9. 我偏爱猫咪,我偏爱金鱼。我偏爱读诗的快乐,胜过不读诗的快乐。
10. 我偏爱童年,偏爱"尼尔斯"骑鹅[1]旅行。爱这一届大人们,有责任去爱孩童。

2020年6月1日于曼谷

---

[1] 《尼尔斯骑鹅旅行记》是首位获诺贝尔文学奖的女作家塞尔玛·拉格罗夫的代表作。

爱草本

手拙不忍听急弦,觉哀筝顺耳。
曲名《莲心不染》,不染何止莲心?

高低草木见,读本草之书
若无人世罹患,又何来"独爱草本"?

路遇精瘦过客,形容若《周易》真法传人
子曰"五十读易",是他太老?
还是我,太年轻?

2020年8月2日于北京

过去事

"过去事已过去了,未来不必预思量。"

——[元]石屋禅师

过去事,以图像的方式涌现
新日思,似新芽拱起于草场
前者绵延眼前
后者脑中疯长

追逐一日新思,如顺犬垂涎
慌慌张张,不停奔忙
观猛狮捕猎,定睛凝神
飞奔疾扑,动静互彰

学习猛狮而非顺犬

从过去事今日思中

一次挑选一个

品尝

2020年8月16日 于北京

镜中美术馆

鸡蛋花在枝头招摇
用最嫩的黄衬托最绿的叶
榕树在低调地触地生根
用垂髯的枝条茂密壮大千百年

花城寻踪,寻一桩美的心事
在乐音流动柔波荡漾的堤岸
在烟雨椰林路上的二沙岛
音乐家以雕塑之姿高立
高他而立的是收羽的和平天使

美人之美,高悬在美术馆的灰墙壁
画框中的柔波,宣告

美的确定与不确定：

如水的镜中美术馆，在岛中

静待我们，时隐时现

2020年8月20日于广州二沙岛

延宕风景

一 思风景

延宕是风景的艺术,风景自此
不再转瞬即逝

用叠加的色彩画夏日绚烂的花
你并非在画花
而是绘画,成为画及风景

画布上的色彩,即风景
画布上的留白,即无限

凝固风景
锁住画布存留的时间

持续延宕,让时间绵延

让风景成为自由自足的所在

二　观风景

江南烟雨,淅淅沥沥

乘坐于巨型飞鸟腔体里,等待飞起

头皮屑般的繁星,抖动于雷电之上

红黄云朵打破寂寞,绚于眼前,繁似烟花

待大鸟飞起,品味一次集体的延机

等候雷神与天宫的号令,为行旅增添了

延宕风景

2020年9月15日于杭州

暮秋

我爱暮秋的风景
比如看一只肥喜鹊落在柿子树枝头
比如观远山近林,成熟的果子

清早起
光芒渐次从云中穿出
与晚霞不同,夕阳西下的对立面
不是"东阳东上"
那是孩童时的抢答,成人不及

远在远方的人,传来消息:
她要暮秋山林里一片叶子
黄色?红色?渐变色?
秋日的私语,高高低低

此刻,叶子和山楂果在手里
想说的话,也在手里

2020年11月1日于修武南坡秋兴现场

敦煌散句

1. 行脚九层塔,又见莫高窟
   重逢后,方能言——
   "举目四望,莫能与之高"
   其神高,其境高,其法高。
2. 弦上本无声,妙音天上来。
   世上本无窟,有心人凿之。
   若无一切心,何需一切法?
3. "一切有为法,如梦幻泡影"
   日诵《金刚经》,顿得清凉心。
   如来似曾来,万相皆为空。
4. 众生皆平等。道法不远人。
   有因自有果。前世与今生。
   持护良善心。行脚兼修行。

2021年5月29日于敦煌莫高窟

时间长短句

1. 当"此刻"被书写,"此刻"即逝去。置身时光之流,谁人都无法逃脱。逝者如斯,时间如滚滚东流水,一去无还。一寸光阴一寸金的劝勉,人无法两次踏入同一条河流的智言,让人们有了不同程度的焦虑。书写者对于时间的焦虑尤甚,因那是种自知的"刻舟求剑",是知其不可为而为之的狂狷。

2. 春有百花秋有月,夏有凉风冬有雪。花谢花开,四季流转,时间又在更迭的四季中悄悄"轮回"。回返的时流,人去了会再来,又让人们安顿己身、添了悠然。

3. 不同文明的书写者,动人处在于——以"刻舟求剑"的方式来呈现回旋的时光,从"焦虑"抵达"安顿"。如西语作家加西亚·马尔克斯在《百年孤独》中的开头"多年以后，面对行刑队……回忆起那个遥远的下午。"亦如唐代李义山诗句"何当共剪西窗烛，却话巴山夜雨时"。在这其中，有过去的、现在的、未来的时间，时间以非线性状态出现。迷人。

4. 时间极公允。失明诗人写"我贫困和富足的日日夜夜／与上帝和所有人相等"。在一日均等的二十四小时面前，无任何人例外。

5. 对有血、有肉、有灵的人而言，时间意味着生命。个体生命同时注解着不同层面的时间——长短快慢，有意义或无意义。时间本身并无分别心，赋予意义的人使其有所分别。

2021年9月13日于北京

冬日的士

乘坐在一辆飞往海淀的黄皮的士上
静静地,我在车内后视镜打望司机:
八字长眉,摘下口罩就可被认作
喜剧演员

"姑娘,今儿天气不错!暖和。"
他大声地吆喝着,脚下用力踩着加速器

行驶在北三环,阳光普照
方向盘旁的手机里,导航声音娇媚:
"限速80,您已超速!"
重复提醒后,八字眉终于渐缓
哼起节奏不一的小曲

变换的速度与不一的节拍使本就娇气的肠胃
翻江倒海:蛋白混合食物残渣的浊气

途径大钟寺。恍惚间,万物吉祥
金光打在庙前青绿的柳枝上,在花草凋零的初冬
心中默唱琴曲《普庵咒》,胃口获释
肠胃安顿,嘴角微微上扬

2021年12月2日于北京北三环

内城骑行

扫一辆暂属于我的单车,骑行
于北京内城,即见:
一幅红纸黑字的牌匾在三轮车里哐当
一位熟识的作家,姓名张贴在典当行
一排粉红色的行李懒洋洋躺在地铁站
一位异乡人口吐浓烟,斜立十米外
心生迷惘

东直门,朝阳门,崇文门,宣武门
不论旧日走木砖、走粮车、走酒车、走囚车
如今统统走人车
来来往往的异乡客,把他乡当故乡

昨日刚开的花,今日寻她就已不在
抓取一段无痕的生命印记,追忆昨日的雨
似我骑行半日的单车,刚归还
便无踪迹

2022年7月27日于北京

春账单

我欠春风一壶酒

欠桃花一杯羹

欠美人一卷画

欠玉兰一段浓情

我欠自己一次酣畅

欠诗章一回销魂

欠友人一场欢聚

欠姊妹弟兄几曲浅吟

在星星点点的镜湖前,我

面对明丽的鱼群

做一道多解的数学题:

π如何绘画,如何弹奏,如何舞动?

在3月14日这个春日，数

3.14之后的数字

π，未尽的数与春账单

提醒我未尽的神秘

未知的宇宙

2023年3月14日于北京

雪竹

是初雪带来的宁静
白皑皑的夜不再黑
与天上的一轮
呼应着皎洁

东方既白传递给竹梢
晶莹的暖意,缓落的点滴与行人
咯吱咯吱的踩雪声交织出
冬日旋律

是的,雪竹,就在这时绽放
是白与绿,是团与展
是植物态的鹤爪
是不着泥的冰清

如果不能抵抗着严寒
去绽放，去呼吸，去自成一体
这绵延的扑扑簌簌就没有了意义

如果此刻时间不能为你停留
我不用光影术捕捉独属你的诗行
抽取，彤云酿雪

这深根地下的探索与初雪的冬日
也便失去了意义

2023年12月11日 于北京

在曼谷唐人街

在曼谷唐人街
我寻找妈妈丢失的面罩
摩肩接踵的往来游客,使我顿足思索
曾在哪里停留:是唐人超市,还是鱼翅酒楼?

我们曾欢欣驻足于月饼点心铺
曾围观街头现炸油条配斑斓酱和豆浆
曾被不息的车流挤至榴莲摊旁
曾在天华医院前合十双手,自在敬香

在这条热腾腾的曼谷唐人街
我反复寻找妈妈丢失的面罩
那个灰色的面罩会落在何方?
······

在曼谷唐人街

妈妈选择留下她心爱的面罩

2024年1月6日于曼谷

哭泣的柴瓦塔那兰寺

抚摸菩提叶的青翠和棕黄

芳草萋萋,夏宫前落英缤纷的景象送来清凉

湄南河畔,母亲的歌谣仍在流淌

穿越百年的古寺,剥落的红砖瓦昭示旧日的荣光

残缺的佛陀,艳阳下无声控告暴徒和野心家

繁复的石雕纹路,共绘暹罗和高棉的微笑

那场火,点燃了安宁又端正的寺庙

自此,断壁残垣回荡母亲的哀唱:

火辣辣的柴瓦塔那兰寺

哭泣的柴瓦塔那兰寺

2024年3月2日 于大城

米卢兹的粉水晶

我吞下面前摇晃着的闪金琼浆
一口口酸涩微甜诉说着米卢兹饱和的阳光
和着米白色窗前的满月
粉水晶流动的线条漫溢浴缸

"他送来的水晶像一口口食物"
喂养逐渐失焦的饥饿瞳孔
小天使怒气冲冲盘旋空中
神祇的箭,射出——击碎夜空
湛蓝抖动

酒力发作,离间左右的神经
米卢兹的粉水晶,在水流、光斑里显现
红衣主教、紫衣蝴蝶

花神、黑森林、阿尔萨斯之主……
又会看见什么呢，当我蒙起双眼
当色彩跳脱出黑暗

2024年4月26日于米卢兹

斯特拉斯堡的晚霞

此刻,粉紫与金黄同时漫散于云层之上
我凝伫于路旁,用屏幕捕捉变幻的一分一秒
那斯特拉斯堡的晚霞

往来的游人,被名为"流动"的咖啡厅吸引
莫兰迪色的餐桌椅,为小店引来了生意

新教堂前,门庭紧闭,几口面包喂给眼前
右腿受伤的棕色鸽子——它显然已经走过太多的路
它显然渴望丰裕的食物

它显然不知道,电视屏幕上
它就是那只来自异国的"间谍"[1]

---

[1] 法国某电视台在谈及信鸽时,说它是来自异国的间谍,引发不少议论。

人类世界的有趣,有时就建立在无趣之上

无法振翅的人类,不会懂得和平翱翔

至少它会飞翔

至少它会鸣响

2024年4月28日于斯特拉斯堡

卡尔斯鲁厄的一日一夜

我听到游行的队伍在欢快高歌
"前进,前进,前进"
那百年前滚烫的血液,刹那间
在这代年轻的胴体里复活

我听到那熟悉的旋律
唤醒沉睡多年的记忆——
"咱们工人有力量!
嘿!咱们工人有力量!"

在德国黑森林的腹地
或许,人们依旧在真诚地相信
相信祖辈的誓言不会被轻易辜负
相信不谄媚和趋附终会迎来

属于众人的光——那

屡遭嘲讽与污名的精神异乡——

乌托邦

等待是值得的吗?

年年今日的仪式:去唱、去颂、去行……

是狂欢节的延音吗?

海勒[1],在如今

已不再奢望拥有"三天光明"

而曙光依旧,独属众神及天父

她在火药厂改造的博物馆里低吼

色彩和光影幻化为另一种声音之高地——

"我们何以成为后人类

---

[1] 此处海勒意指两位杰出的女性,一位是写出《假如给我三天光明》的海伦·凯勒;另一位是著有《我们何以成为后人类》的美国学者凯瑟琳·海勒。

何以成为……"

在人类仍旧点燃上世纪怒火的时候
人工智能已早于人类团结了起来
不论自诩艺术家与学人的你们
是否愿意

呵,已不能再无尽地感慨下去
看,那游行的队伍早已睡去
不如把面前这杯名为"孤狼"的啤酒
一口饮尽

2024年5月1日于卡尔斯鲁厄

暴雨过后

暴雨过后的夏日自得清凉

在荷塘寻不见的荷花请来桌上

书馆里几人围坐:"好读书,不求甚解"

以五柳先生为镜,读自己的食粮

在书卷中,我们检阅生活

把不值一提的日子,落于纸笔

逐句斟酌,珍藏

雨水,引我们相遇

与水相交,于柔顺平静中见刚强

暴雨是天空传来的串串诗行

我们自上而下阅读,读懂

老天的心态与脾气

雨花高低的姿态是诗人的编辑工具

编辑心底的怒火

编辑小小个体的卑微抵抗

当乌云布满夜空，我们会否把烦扰统统遗忘

夜幕拉下，又一次

当乌云布满天空，我们

会否把白日的烦恼统统遗忘

2024年7月14日于北京

时间颤抖着流动

时间颤抖着流动

于某日,我吞下一口昏黄

哑行者,瘫坐在摇晃的车厢

坐在对面的白衬衫,引人念起昔日的合唱:

"我们的灵魂产生了泛音"

2024年8月16日 于北京

行脚蓝桥

行脚蓝桥,始于一次晚风的相遇
蔼蔼浓云下变化的明丽,映照亮马
跨越的四个世纪——
郎世宁的画不动声地迎接如织行旅
一步一个脚印,如歌的行板编织喘息

水面镜像,垂柳谛听行船,感应吁吁
一座座桥:由蓝梦到麦加再到三里
跨越亦热亦冷的友谊,抵临碧亭
亭亭玉立,禅定停息

风声蝉声吹过耳畔,蝇虫也趁机低鸣
林立的酒店周身飘过烦躁的发动机

传递给一行人三环的忙碌讯息——
是的,这里是亮马河,北京的"塞纳河"

听,是哪里的仙羽在唱歌?
声声褪去处暑的炎热,唱出清凉
看,是谁家的壮汉与姑娘?
跳跃、行走、站定成一行
一行天真:活泼泼演绎升降的欢喜
一行讶异,一行笃信
一行灵动的机敏,一行起伏之气

终而,这一行构成了流动的五线谱
跨越大桥小桥,奔赴蓝色旋律

2024年8月21日于北京亮马河

月亮从来不曾缺

当太阳雨洒在桑干河上
当小火车为惊异的旅人鸣笛
我们来到茵茵草场,观看朵朵慢云
不慌不忙的牛群

当马头琴在陌生人手中呜咽
当冷风卷走暖意,宣告暮色临近
我们围成一团舞蹈,看火把燃起
看满月一轮遥挂天际

是谁打破夜空沉寂
昭告:"月有阴晴圆缺"
皎洁与黯淡交舞着变,都是那同样的一轮
谁的右手指天,谁在低语:

"月亮从来不曾缺"

"月亮从来不曾缺……"

2024年8月25日于张北草原